TRAGÉDIE.

PROPRIÉTÉ.

—

Lyon, Imprimerie d'ANDRÉ PERISSE.

ADRIEN

TRAGÉDIE

EN TROIS ACTES

PAR

UN DIRECTEUR DE COLLÉGE.

LIBRAIRIE D'ÉDUCATION DE PERISSE FRÈRES

LYON

Rue Mercière, 49. ⹁ Rue Centrale, 34.

Chez R. Ruffet, acquéreur de la nouvelle Librairie Perisse de Paris,
rue Saint-Sulpice, 38.

1863

AVERTISSEMENT

Cette tragédie a été composée pour le théâtre d'un
collége catholique. On s'est efforcé d'y présenter à
la jeunesse, dans l'action qui en fait le sujet comme
dans les principaux personnages qui y prennent
part, des modèles de foi, d'héroïsme religieux, de
piété filiale et des vertus domestiques avec l'expres-
sion vive des sentiments les plus nobles et les plus
élevés, afin de laisser, dans l'esprit et dans le cœur
des jeunes acteurs aussi bien que des spectateurs,
des impressions profondes et salutaires. Il est re-
grettable lorsqu'on s'est hasardé à exercer les enfants
au jeu du théâtre, malgré les inconvénients qui peuvent en surgir, qu'on n'ait pas cherché un dédomma-
gement à ces dangers, en ornant leur mémoire de
récits et de sentences qui fussent des occasions de
réminiscences salutaires, en réveillant dans leur cœur
l'enthousiasme de la vertu et l'horreur profonde
des vices.

Au reste le fait et les personnages, mis en action dans ce petit drame, ne sont point imaginaires. Le sujet en est entièrement tiré des actes authentiques des martyrs: Voici ce que dit l'éditeur de l'édition classique des actes des martyrs (1) « Les actes de
» saint Adrien sont tirés des plus anciens manus-
» crits. Dignes des éloges de tous les les hommes
» de goût par l'élégante simplicité du style, ils
» sont bien autrement remarquables par la grandeur
» imposante du drame qu'ils racontent et surtout par
» le courage héroïque, la foi prodigieuse de ceux qui
» en sont les acteurs. Si un bon livre est celui qui
» ennoblit tous les sentiments, qui agrandit toutes
» les idées, qui élève l'homme au dessus de lui-
» même; jamais plus beau livre que les actes des
» martyrs en général, et ceux de saint Adrien en
» particulier. Ici l'homme, la femme surtout,
» l'époux, l'épouse, la famille, la nature humaine
» tout entière réhabilitée par le fer, se montrent
» constamment sublimes, mais d'un sublime sans
» exemple dans le Paganisme. »

Maximien Galère que l'empereur Dioclétien avait associé à l'empire et qui avait épousé sa haine pour les chrétiens, arrive à Nicomédie poursuivant le cours de ses persécutions contre la religion de Jésus-Christ. Il fait aussitôt rechercher les fidèles par toutes sortes de moyens et les fait comparaître devant lui les exposant à diverses tortures. C'est pendant une de ces cruelles exécutions qu'Adrien son secrétaire, chargé de faire les fonctions de greffier dans les ju-

(1) Acta Martyrum, t. II. Paris, Gaume.

gemens qu'on portait contre ces innocentes victimes, est converti par le spectacle de la constance des martyrs. Nathalie son épouse, fervente chrétienne, accourt à la prison où l'empereur avait fait conduire Adrien avec les autres martyrs, en attendant le dernier supplice. C'est dans cette circonstance que cette femme héroïque déploie un courage surhumain, soit en maintenant son époux dans ses premières dispositions, soit en l'encourageant à supporter de nouvelles épreuves, et en le recommandant aux prières et aux soins des autres martyrs comme encore faible dans la foi et l'amour divin. Et dans la crainte qu'il ne succombe enfin aux horribles tortures auxquelles le tyran va le livrer, elle ne le perd pas un instant de vue, et lorsque Maximien condamne les chrétiens, déja affaiblis par les tortures, à avoir les bras et les jambes brisés sur une enclume qu'on apporte à la prison, parce qu'ils ne pouvaient se traîner jusqu'au lieu ordinaire des supplices, elle-même tenait les membres de son époux, alors que le bourreau les mutilait, l'exhortant jusqu'à son dernier soupir qu'elle eut la gloire et le bonheur de recueillir.

Destinant cette pièce exclusivement à un théâtre de collége, j'ai dû faire disparaître ce rôle femme, malgré la beauté de ce personnage et la grande part qu'il prend à l'action, qui fait le sujet du drame. Mais sans paraître sur le théâtre, elle est moralement présente dans presque toutes les scènes.

Le personnage de Théophile n'appartient point aux actes de saint Adrien ; mais il a été également fourni par l'histoire de jeunes martyrs qui nous vient des monuments de la tradition. La plupart des discours qui se trouvent dans la bouche de nos héros, ont été tirés soit des Livres saints, soit de l'histoire de l'Eglise. On a cru suivre en cela l'exemple du grand maître de l'art, Racine. On indique aux notes les livres d'où ont été extraits ces diverses pensées ou récits.

L'auteur espère que la grandeur et la beauté du sujet, et le but qu'il se propose d'atteindre en présentant ce petit drame à la jeunesse, feront un peu fermer les yeux sur les imperfections de cet ouvrage.

ADRIEN

—

TRAGÉDIE.

Personnages :

MAXIMIEN-GALÈRE,	Empereur,
ADRIEN,	Secrétaire de l'Empereur.
THÉOPHILE,	Fils d'Adrien.
CORVINUS,	
JULES,	} Amis de Théophile.
THÉOPHORE,	Diacre de Nicomédie.
PORCIUS,	Préfet du prétoire.
FÉLIX,	Capitaine des Gardes de l'Empereur.
GARDES.	

———

(La scène est sur la grande place de Nicomédie)
On voit dans le fond le perron ou tribunal où l'on rend la justice.

ADRIEN

TRAGÉDIE.

ACTE PREMIER.

SCÈNE I.

CORVINUS, JULES.

CORVINUS.

Pourquoi te refuser à partager nos jeux ?
D'où vient ce regard sombre et ce front nébuleux,
Cher Jules ? Quels sont donc tes chagrins, tes
[alarmes ?
Autrefois de nos jeux tu faisais tous les charmes ;
Tu savais au besoin réveiller notre ardeur.

Maintenant tu nous fuis. Eh ! quel soudain mal-
[heur
T'a donc frappé ?

JULES.

Non, non, cette noire tristesse,
Qui depuis quelques jours me poursuit et m'op-
[presse,
N'est point le sentiment de mes propres douleurs,
Mais des malheurs publics.

CORVINUS.

Quels sont donc ces malheurs ?
Je ne te comprends pas ; parle, je t'en supplie.

JULES.

Pourquoi m'interroger, lorsque Nicomédie [1]
N'offre que des objets d'épouvante et d'horreur !

____

(1) Nicomédie, capitale de la Bithynie, province d'Asie. Les
Empereurs d'Orient y firent souvent leur résidence.

Depuis que dans nos murs notre indigne empe-
[reur
A fixé son séjour pour déclarer la guerre
Aux chrétiens dont il vient, dit-il, purger la terre,
On voit de tous côtés surgir des échafauds
Et le sang des chrétiens ruisseler à grands flots.
Non content de lancer ses édits sanguinaires,
Le tyran a chargé de cruels émissaires
De pénétrer partout, forçant les citoyens
De livrer la personne ou le nom des chrétiens ;
Leur promettant de l'or et des charges publiques
Pour payer dignement ces trahisons iniques.
Aussitôt on a vu, spectacle plein d'horreur !
Le fils livrer son père et le frère sa sœur ,
Et tandis qu'aux prisons ces malheureux languis-
[sent,
Ou que dans les tourments tristement ils péris-
[sent,
Les auteurs de leurs maux s'en vont jouir en
[paix,
Des biens et des honneurs, prix de ces noirs for-
[faits [1] .

(1) In diebus illis cum tyrannus Maximianus ingrederetur.
Nicomediam christianos perditurus misit persecutores per loca

Voilà l'affreux tableau qu'offre Nicomédie !
Cette fière cité, la reine de l'Asie,
Qui, portant jusqu'au ciel son front majestueux,
Voyait avec transport tous ses enfants heureux
Savourer à longs traits, au sein de l'abondance ,
Des douceurs de la paix la pure jouissance,
A vu ses jours remplis de joie et de bonheur
Changés en jours de deuil, de guerre et de terreur.

CORVINUS.

Voilà donc le sujet de tes peines améres !
Il suffit désormais que de méchants sectaires,
Aient terminé leur vie au milieu de tourments ,
De leurs folles erreurs trop justes châtiments,
Pour qu'aussitôt nos jeux aient perdu tous leurs
[charmes ?
Pour un plus digne objet, crois-moi, garde tes
[larmes.

singula ut intèrficerent in christum credules... quibus etiam
varia supplicia et flammas atrocissimas minabantur si eum
occultarent. Porro prœmia a tyranno promittebantur si eos
proderent et occultarent, tum verò vicini vicinos, amici amicos,
propinqui propinquos, partim prœmiis illecti, partim pœnarum
metu tradere cœperunt. *Selecta Martyrum Acta, tom.* II, *Gau-*
me 1852,

JULES.

Ce peuple est malheureux, je déplore son sort!

CORVINUS.

Ce peuple est criminel, il mérite la mort!

JULES.

Quels sont donc ses forfaits? je n'en connais
[point d'autres
Que d'adorer un Dieu qui diffère des nôtres.
Pourquoi ne pas laisser chacun en liberté
Rendre un culte en secret à la Divinité
Dont il a ressenti la bénigne influence?
Si du Dieu des chrétiens la douce bienfaisance,
Se fait sentir sans cesse à ses adorateurs,
Par de puissants secours, par de riches faveurs,
Pourquoi le repousser et comment le proscrire?

CORVINUS.

Il ne faut adorer que les dieux de l'empire;
Et nous devons louer l'empereur Maximien

De vouloir effacer jusqu'au nom de chrétien :
Car on dit qu'aujourd'hui sur cette même place
Il va de ces méchants exterminer la race.
Ainsi pour les chrétiens voici le jour fatal !
L'empereur fait traîner devant son tribunal
Les restes mutilés de cette secte impure,
Hommes infortunés qu'une affreuse torture
N'a pu vaincre et qui sont encor prêts à mourir,
Plutôt que de céder.

JULES.

    Voici quelqu'un venir :
C'est le fils d'Adrien, l'aimable Théophile.
Si nous l'interrogeons, il nous sera facile
De bien apprécier ce triste évènement,
Et d'en prévoir déjà le cruel dénouement,
Car tu n'ignores pas que son illustre père
Des secrets de l'Etat est le dépositaire,
Et que de l'Empereur il écrit les arrêts ;
Mieux que nul autre il peut nous raconter les
           [faits.

SCÈNE II.

CORVINUS, JULES, THÉOPHILE.

JULES.

Tu viens fort à propos, ami, pour nous apprendre
S'il est vrai qu'en ce lieu, notre empereur va
                              [rendre
Un arrêt solennel sur le peuple chrétien.

THÉOPHILE.

Hélas ! Il est trop vrai qu'aujourd'hui Maximien
Va de nouveau soumettre à d'affreuses tortures,
D'infortunés chrétiens tout couverts des bles-
                              [sures
Que la main des bourreaux, par ses ordres cruels,
Leur a faites, ainsi qu'à de vils criminels.

JULES.

Apprends nous cependant par quelle perfidie,
De tous ces malheureux on compromit la vie,
Comment ils sont aux mains de leurs persécu-
[teurs ?

THÉOPHILE.

Pour tromper du tyran les cruelles rigueurs [1]
Les chrétiens en secret tenaient leurs assemblées
Au fond d'une caverne, où n'étant plus troublées,
Elles faisaient monter, et la nuit et le jour,
Avec des chants sacrés de louange et d'amour,
De leurs cœurs innocents les effusions pures,
Vers l'auteur souverain de toutes créatures,
Qui féconde la terre et règne dans les cieux.
On l'a dit au tyran ; aussitôt vers ces lieux,

(1) Quidam christiani latitant in spelunco quos nos noctur-
nis vigiliis psallentes audivimus. *Acta Matyr. ibid.*

Il a fait avancer des légions romaines [1] :

Les chrétiens sont cernés , saisis , chargés de
[chaînes

Et sur le champ traînés aux pieds de l'empereur,

Qui promenant sur eux ses yeux pleins de fu-
[reur,

Leur dit : « Que faisiez-vous et quels noms sont
[les votres [2] ? »

— Chrétien est notre nom , nous n'en voulons
[point d'autres.

A ces mots l'empereur déconcerté, surpris,

Après quelques instants ajoute : « Et quel pays

Vous a vu naître ?— On croit que c'est Nicomédie,

Mais pour nous, exilés, le Ciel est la patrie. »

(1) Cum magna militum manu speluncam vallarunt compre-
hensosque eos qui intus erant per omne corpus ferro vinctos
duxerunt in civitatem in qua rex erat. *Ibid.*

(2) Unde estis? Responderunt illi : Nos quidem hic nati sumus
sed religione christiani sumus. Rex dixit ad eos : Non audistis
quæ snpplicia constituta sunt in hujus religionis cultores. Responderunt illi : Audivimus equidem sed irrisimus tuam stultissi-
mam jussionem. Rex ait : et auditis vos stulta dicere jussa nostra;
equidem per Deos magnos, tormentis acerbissimis confiiciam
corpora vestra; dixitque ad principes : extendantur et cœdantur
virgis; videamusque utrum venturus sit Deus eorum ut operia-
tur eis et eripiat ex manibus meis. *Act. Martyr. ibid.*

— Insensés, je vous plains ! Quoi donc ! ignorez-
[vous

Les terribles effets de mon juste courroux ?
Mes édits solennels et les divers supplices
Infligés aux chrétiens ainsi qu'à leurs complices ?
— Oui, nous les connaissons et n'en faisons nul
[cas.

Vos décrets sont pour nous comme s'ils n'étaient
[pas.

—Malheureux, s'écria le tyran plein de rage,
Vous osez me braver ! qu'on venge cet outrage
Par des tourments nouveaux et toujours plus
[cruels ;

Je jure, ajouta-t-il, par les dieux immortels,
De briser tous vos corps par l'effort des tortures ;
Voyons si votre Dieu guérira vos blessures ;
S'il vous arrachera de mes puissantes mains. »
Il dit, et sur le champ des licteurs inhumains,
Aux ordres de leur maître empressés de se rendre,
Au triste chevalet sont venus les suspendre ;
Et bientôt autour d'eux vingt bourreaux acharnés,
De crocs, d'ongles de fer et de verges armés,
Font voler les lambeaux de leurs chairs palpi-
[tantes,

Et découvrent à nu leurs entrailles fumantes.

Cependant nos héros ,bien loin d'être abattus,
Disaient : « Ajoute encor trente bourreaux de
[plus [1],
Les maux que tu nous fais sont des biens que tu
[donnes :
En doublant nos tourments, tu doubles nos cou-
[ronnes.
Maximien entendant ces accents généreux,
Ne peut plus contenir ses transports furieux,
Et, n'osant se flatter de briser leur constance,
Ordonne que le fer les réduise au silence :
On leur coupe la langue, on leur brise les dents.
Eux, devenus muets, sont encore éloquents ;
Leur geste, leur regard dit avec énergie,
Nous redoutons la mort moins que l'apostasie.
Enfin meurtris, sanglants, brisés mais non vain-
[cus,
Au fond d'un noir cachot on les a descendus.
Ils en doivent sortir pour le dernier supplice,
Aujourd'hui même.

(1) Quandò tu mihi, tyranne, numerosiora adhibes supplicia
tantò mihi plures conficis coronas. *Act. mart. ibid.*

CORVINUS.

Eh bien ! que ce peuple périsse.
Espérons toutefois qu'à l'aspect de la mort,
Ils seront impuissants pour un nouvel effort,
Et rabattront un peu de leur vaine jactance.

THÉOPHILE.

Je sais que l'Empereur nourrit cette espérance,
Que, traînés devant lui, blessés, presque mourants,
Ils s'avoueront vaincus par ces nouveaux tour-
[ments.
Vain espoir du despote, illusion visible !
Le chrétien peut mourir, mais il est invincible.
Au reste, vous pourrez voir de vos propres yeux
Leurs suprêmes efforts, puisque, en ces mêmes
[lieux,
Et dans quelques instants, le prince vient lui-
[même
Décider de leur sort par un arrêt suprême,

CORVINUS.

Oh ! je veux contempler ces débats solennels ,
Et j'espère les voir bientôt ces vils mortels,
Vaincus par la douleur, abjurer leur folie.

THÉOPHILE.

Les chrétiens ! Ils perdront plutôt cent fois la vie.
Le chrétien, CORVINUS, crois-moi, le vrai chrétien,
Digne de ce beau nom, hors son Dieu ne craint
[rien.

CORVINUS.

Mais toi qui devant nous, prends ici leur défense,
Et qui plaides leur cause avec tant d'éloquence ,
Serais-tu chrétien ?

THÉOPHILE.

Ah ! si j'avais ce bonheur,
Loin de te le cacher, je m'en ferais honneur.

Cette religion mérite nos hommages
Qui produit des héros et qui forme des sages ;
Et n'eût-elle, après tout, d'autre gloire à mes yeux,
Que d'avoir enfanté, dans ces temps malheureux,
L'illustre Nathalie, elle devrait me plaire.

JULES.

Quelle est donc cette femme illustre ?

THÉOPHILE.

C'est ma mère !
Des femmes de son rang la plus noble, à la fois
La plus sainte [1] .

(1) Natalia, uxor Adriani, ipsa parentibus nata christianis et filia sanctorum, et antea quidem non se ausa fuerat declarare quod esset christiana propter persecutionis immensam acerbitatem. Erat prima clarissima femina et tam suorum quam mariti sui parentnm natalibus insignis. *Acta Martyr. ibidem.*

JULES.

Il est vrai, la déesse aux cents voix
A proclamé partout ses vertus éclatantes :
Elle a dit en tous lieux, que ses mains bienfaisantes
Ont répandu des biens au sein des malheureux,
Qu'elle est l'œil de l'aveugle et le pied du boîteux;
On dit qu'elle va même en ces prisons obscures
Où gisent les chrétiens, brisés pas les tortures,
Pour panser de ses mains leurs membres dé-
[chirés.

THÉOPHILE.

Mon cher Jules, ces faits hélas! sont avérés,
Et mon père souvent reproche à Nathalie,
De hasarder ainsi sa liberté, sa vie.

JULES.

Eh! quoi donc, est-ce un crime aux yeux de
[Maximien
D'aider un malheureux, alors qu'il est chrétien ?

THÉOPHILE.

Oui, la compassion déplaît au despotisme :
Peut-il de la vertu comprendre l'héroïsme ?
Ami, si le tyran venait à découvrir
La foi de Nathalie, il la ferait mourir.
Adrien qui le sait, représente à ma mère
Le danger qu'elle court. Elle d'un ton sévère,
Lui reproche à son tour, de suivre l'empereur
Jusqu'en son tribunal de sang et de terreur,
Pour tracer de sa main l'odieuse sentence,
Qui condamne à la mort la vertu, l'innocence ;
Puis, des Dieux des romains montrant l'inanité,
La presse d'adorer le Dieu de vérité,
De se faire chrétien,

CORVINUS.

          Mais toutefois ton père
Se rit de ses discours.

THÉOPHILE.

          Plein d'estime au contraire

Pour sa noble conduite et sa rare vertu ,
Il reste en sa présence interdit , confondu ;
Et de la foi chrétienne ignorant le mystère,
Il apprend à l'aimer en contemplant ma mère.
Car, rien dans l'univers n'est si touchant, si beau,
Que de sa vie entière est le simple tableau !
Sa piété pourtant n'a rien qui soit sévère ;
Indulgente pour tous , pour elle seule austère,
Elle met son bonheur à faire des heureux ;
Visiter les captifs, aider les souffreteux,
Voilà ses seuls plaisirs. Mais ses vertus privées,
Sont peut-être encor plus dignes d'être louées.
Ah ! qui dira les soins si délicats , si doux ,
Qu'elle prend tour à tour du fils et de l'époux?
Qui nous retracera la sage vigilance,
Qui fait de sa maison la paix et l'abondance ?
Des femmes de son rang, fuyant la vanité,
Elle s'est renfermée en sa simplicité.
Cet or qu'ont dévoré leurs parures pompeuses,
Leurs esclaves nombreux , leurs fêtes somp-
[tueuses,
Elle le distribue aux pauvres, de sa main.
Elle en nourrit la veuve et revêt l'orphelin.

Ainsi vit Nathalie, et, d'une telle mère
J'ai le droit d'être fier, de chercher à lui plaire.

JULES.

Et cependant tu sers d'autres dieux que le sien.
Comment peux-tu lui plaire et n'être pas chrétien?

THÉOPHILE.

Je le serai bientôt. Dès longtemps Nathalie
M'instruit et me dispose à la nouvelle vie,
Que le baptême donne à ceux qui sont élus.
Sans cesse elle me dit les sublimes vertus
Que le soldat du Christ doit avoir en partage,
Elle insiste surtout sur le noble courage,
Dont il doit être plein, lorsque pris, enchaîné,
Il est devant le juge indignement traîné,
Pour rendre hommage au Dieu qu'il adore et
                                    [qu'il aime.
Mais redoutant pour moi cette épreuve suprême
Que ne pourrait, croit-elle, affronter un enfant,
Elle n'osait se rendre à mon empressement.

Mais un plus long retard devient intolérable,
Je veux être chrétien, dût le juge implacable,
M'appeler devant lui : je suis prêt en mon cœur,
Quoique bien jeune encore, à braver sa fureur.
Dieu qui par Daniel confondit les infâmes,
Qui sauva trois enfants exposés dans les flammes,
Me fera triompher du cruel Maximien :
Que je sois baptisé, je ne craindrai plus rien !
Enfin hier, cédant à mes désirs, ma mère
M'a promis que bientôt par cette eau salutaire
Je serais consacré : Que cet espoir est doux !

CORVINUS.

Eh ! quoi donc, tu voudrais te séparer de nous
Et renier les dieux qu'ont adoré nos pères.

THÉOPHILE.

Crois-moi, cher Corviuus, les dieux que tu ré-
[vères
Sous la pierre et le bois que ta main peut briser,
Ne sont que des démons ; il les faut mépriser.
Si nos pères ont pu, trompés par leurs prestiges,

Sur des récits menteurs croire à de faux prodiges,

Par quelle antique loi sommes-nous obligés
De suivre aveuglément tous leurs vains préjugés ?
Faut-il qu'abandonnant le vrai Dieu, je m'en
[aille
Rendre hommage à des dieux fixés dans la mu-
[raille ?
Demander en partant, si je veux voyager,
Un fortuné retour à qui ne peut bouger ?
Ou si je sens venir la triste maladie,
Aller prier les morts de prolonger ma vie [1] ?

CORVINUS.

Est-il donc plus puissant votre Dieu des chré-
[tiens?

THÉOPHILE.

Lui seul est plus puissant, plus grand que tous
[les tiens;

(1) Et in pariete ponens illud, et confirmans ferro, ne fortè
cadat. Et de substantia, et de filiis suis et de nuptiis votum
faciens... Et pro sanitate quidem infirmum deprecatur... Et pro
vitâ rogat mortuum et pro itinere petit ab eo qui ambulare non
potest. L. *Sapientiæ*, cap. XIII, v. 15.

Car vos dieux ne sont tous que l'ouvrage des
[hommes,
Le nôtre a fait le monde et tout ce que nous
[sommes.

CORVINUS.

On dit qu'il fut livré par les juifs aux Romains,
Qui l'ont sur une croix attaché de leurs mains.
Sont-ce là ses grandeurs ?

THÉOPHILE.

Et d'autant plus sublimes
Qu'il s'est fait plus petit pour expier nos cri-
[mes.
Non ! non ! la véritable et solide grandeur,
Ne gît point dans l'éclat d'une vaine splendeur.
Si Dieu voulut un jour se montrer à la terre,
Il a dû de l'amour porter le caractère.
Oui, clémence, douceur, compassion, bonté,
Voilà les plus beaux traits de la Divinité,

Tel le Dieu des chrétiens : il prend la forme hu-
[maine [1],
Il se fait serviteur pour briser notre chaine ,
Il épouse nos maux afin de les guérir,
Choisit la pauvreté pour mieux nous enrichir ;
Enfin il meurt un jour pour nous rendre la vie ;
Est-il rien de plus grand qu'un Dieu qui sacrifie
Sa vie et son honneur à notre humanité,
Pour lui rendre la gloire et l'immortalité ?

JULES,

Théophile ! je vois ton père qui s'empresse
D'accourir vers ces lieux.

THÉOPHILE.

Une sombre tristesse
Est peinte sur ses traits ; quel coup inattendu !

(1) Formam servi accipiens. *Philip,* II, 7,

SCÈNE III.

ADRIEN, THÉOPILE, CORVINUS, JULES.

~~~~~~~~~~~

ADRIEN.

Je te cherche, ô mon fils, inquiet, confondu....

THÉOPHILE.

Ah ! parlez : quelle est donc votre peine, ô mon
[père !

ADRIEN.

Ta mère en est l'objet : contre son ordinaire,
Elle n'est point rentrée encor dans sa maison,
~~~~~~~~~~~

Alors que le soleil a fait sur l'horizon
La moitié de son cours : absence inexplicable
Que de sinistres bruits rendent plus redoutable.
On dit, et ce récit a frappé de stupeur
La cité tout entière ; on dit que l'empereur
Vient de faire aux prisons saisir de nobles
                          [femmes
Qui, par un sentiment commun aux grandes
                          [âmes
Visitaient les chrétiens languissant dans les fers:
(Est-il rien de sacré pour un cœur si pervers !)
Je n'en saurais douter, de ce nombre est ta
                          [mère ;
Car tu le sais, malgré mes plaintes, ma prière,
Elle va chaque jour apporter aux prisons,
D'un cœur compatissant, les secours et les dons.
Il est vrai, que toujours à ses devoirs fidèle,
Elle revient bientôt où notre amour l'appelle.
Aussi ne la voyant anjourd'hui revenir,
Je ne puis plus douter de son triste avenir :
Elle est captive...

THÉOPHILE.

        Oh ! non, ma mère est libre encore !
J'ai reçu ce matin au lever de l'aurore

Ses doux embrassements; elle m'a dit tout bas :
« Je reviendrai bientôt. »

ADRIEN.

Elle ne revient pas !

THÉOPHILE.

Dieu ne laissera point la bonne Nathalie
Au vil pouvoir du vice et de la tyrannie.

ADRIEN.

Ah ! mon cher Théophile, on a vu trop souvent,
La vertu dans les fers, le vice triomphant !

THÉOPHILE.

Eh ! quoi donc ! Maximin serait assez infâme,
Pour attenter aux jours d'une timide femme.

ADRIEN.

C'est un tigre altéré de carnage et de sang,
Qui confond dans sa rage et le sexe et le rang.

THÉOPHILE.

Ma mère cependant n'aura pas l'imprudence
De faire à l'empereur l'aveu de sa croyance.

ADRIEN.

Elle, dissimuler ! non, non, détrompe-toi ;
Son courage toujours fut égal à sa foi.
Je ne connais que trop l'âme de Nathalie ;
S'il lui faut à son Dieu sacrifier sa vie,
Au glaive elle courra s'offrir au même instant ;
Théophile, voilà l'objet de mon tourment :
Terrible anxiété, cruelle incertitude
Dont il me faut sortir. Dans mon inquiétude
Je te cherchais, mon fils, pour aller aux prisons
Nous assurer...

THÉOPHILE.

Eh ! bien, je vais vous suivre ; allons...

SCÈNE IV.

Les Précédents, THÉOPHORE.

THÉOPHORE (*en entrant*).

Du Seigneur Adrien je cherche la demeure,
Le connaissez-vous ?

ADRIEN.

Oui. Qu'est ce donc qu'à cette heure,
Vous lui voulez ?

THÉOPHORE.

Lui seul doit le savoir.

ADRIEN.

Eh bien !
Celui que vous voyez ici c'est Adrien.
Parlez, qui vous envoie ?

THÉOPHORE.

Hélas ! c'est Nathal ie.

ADRIEN.

Nathalie, est-il vrai ! Quelle main ennemie ,
La retient loin de moi ? Mais où ?

THÉOPHORE.

Dans les prisons.

ADRIEN.

O Dieu ! ma Nathalie est dans les fers !

THÉOPHILE.

Courons

La délivrer.

ADRIEN (*à Théophore*)

Comment la douce Nathalie
Est-elle ainsi tombée aux mains de l'infamie ?

THÉOPHORE.

Déjà vous connaissez tous ses soins assidus
Auprès de nos martyrs pour leur foi détenus.
A son exemple on vit des femmes distinguées,
Par leur rang, leurs vertus, pieusement liguées[1],

---

(1) Aliæ mulieres piæ et Deo notæ permanebant in carcere
curantes vulnera sanctorum, et aliæ quidem medebantur vul-
neribus ; aliæ verò suis velis quibus indutæ erant , etc., etc.
Ut antem rescivit tyrannus multas etiam valde honestas ma-
tronas eô confluere, vetuit ne cuidam illarum pateret adi-
tus in carcerem... Cernens Natalia non licere feminis ministrare,
totundit capillos suos et sumpto virili veste ingressa est in
carcerem et omnium vulnera fovebat sola. *Acta Martyr. Ibid.*

Descendre hardiment dans ces obscurs cachots,
Se partager le soin de ces pieux héros,
Les unes apportant, pour bander leurs blessures,
Et la soie et le lin de leurs riches parures ;
D'autres des aliments par leurs mains préparés,
Pour réparer des corps par le fer déchirés,
Mais l'Empereur l'apprend, la fureur le transporte,
Il leur fait des prisons interdire la porte,
Nathalie aussitôt, ne suivant d'autre loi
Que celle d'un amour inspiré par sa foi,
De son sexe a quitté l'ornement ordinaire ;
Puis d'un vêtement d'homme adoptant le mys-
                                                    [tère,
Elle a trompé les yeux de nos cruels gardiens
Et pu continuer ses secours aux chrétiens.
Mais hélas ! aujourd'hui reconnue, arrêtée...
Seigneur, elle m'envoie... et son âme agitée
S'occupe de vous seul ainsi que de son fils.

ADRIEN.

Mais qui donc êtes-vous pour qu'on vous ait com-
                                                    [mis
Ce message important ?

THÉPOHORE.

Mon nom est Théophore.
Aux autels du grand Dieu que le chrétien adore,
Je sers, je suis diacre ; et le Pontife saint,
Voulant donner ses soins aux prisons, n'a pas
[craint
D'imposer cette charge à mon impéritie.
Je viens donc vous prier au nom de Nathalie,
De me laisser vers elle emmener son enfant,
Voulant l'entretenir d'un sujet important.
Or, un enfant bien né, d'une pieuse mère,
Recueille avec amour la parole dernière.

ADRIEN.

Elle veut voir son fils , ses désirs respectés,}
Sont des ordres pour moi, partons....

THÉOPHORE.

Non, arrêtez !
Il vous faut renoncer à revoir Nathalie :
Elle vous le défend.

ADRIEN.

O parole inouie !

THÉOPHORE.

Comprenez-en le sens, excellent Adrien ;
Elle vous reverra quand vous serez chrétien.

ADRIEN.

Quoi ! ne puis-je m'offrir un instant à sa vue ?
Et ne dois-je espérer qu'elle me soit rendue
Si je ne suis chrétien ? Mais je suis son époux ,
J'ai sur elle des droits ; j'y vais...

THÉOPHORE.

Que faites-vous !
Voulez-vous ajouter à sa douleur extrême,
En méprisant ainsi sa volonté suprême,

En offrant à ses yeux l'ennemi de sa foi ?
Ah ! rendez-vous enfin à ses vœux, croyez-
[moi ;
Déjà par ses discours, cette épouse chérie
Vous a fait mépriser votre mythologie,
Que vous reste t-il donc pour devenir chrétien ?
Abjurer la faveur du cruel Maximien :
Entre un cruel despote et votre Nathalie
Hésitez-vous ?...

ADRIEN.

Ce n'est donc ! qu'au prix de ma vie
Que je pourrai la voir pour le dernier adieu :
Si j'embrasse sa foi, si j'adore son Dieu ,
Aussitôt du tyran s'allume la colère ,
Elle éclate sur moi, sur mon fils, sur sa mère,
Et dans un même jour par la main du bourreau
Nous descendrons tous trois dans le même tom-
[beau,
Il est donc plus conforme à la saine prudence,
De remettre à plus tard de changer de croyance.

THÉOPHORE.

Ainsi vous différez de jour en jour, Seigneur,
De satisfaire au vœu d'un grand et noble cœur,
D'un cœur qui vous est cher... Du cœur de Na-
[thalie.

ADRIEN.

Je diffère, il est vrai... pour lui sauver la vie !
Et je cours me jeter aux pieds de Maximien :
Je lui dirai : *De vous je ne veux qu'un seul bien :*
Pour salaire obligé de mes trop long services,
Pour prix bien mérité de tous mes sacrifices,
Rendez-moi mon épouse, ou faites-moi mourir.

THÉOPHORE.

Eh bien! donc, au palais hâtez-vous de courir,
Et l'empereur, malgré la fureur qui l'anime,
Ne pourra repousser un vœu si légitime,
Quand vous ferez valoir votre long dévoûment.

Je vais de mon côté conduire votre enfant
A sa pieuse mère.

ADRIEN (à *Théophile*).

                    Ah ! mon cher Théophile,
Que fléchir un tyran est chose difficile !
Et pourtant, il me faut le tenter. Tu vas voir
Celle à qui tu dois tout : apporte-lui l'espoir
Que sa captivité sera bientôt finie.
Dis-lui, dis-lui surtout, que mon âme attendrie
Veut se plier au joug de son Dieu, de sa foi,
Quand de la tyrannie aura cessé la loi.
Va donc, et t'abandonne avec un cœur sincère,
Au guide vertueux envoyé par ta mère.
            (*A Théophore*).
Et vous, Ange du Ciel, vous confiant mon fils,
Je vous livre un dépôt dont vous savez le prix ;
Rendez-le moi bientôt.

THÉOPHORE

                    Oui, le Dieu que j'adore
Vous le ramènera.

            (*Adrien sort*).

THÉOPHILE.

Partons, cher Théophore :
Que bientôt, sur le sein de ma mère éperdu ,
Je retrouve un bonheur qu'un instant j'ai perdu,
Et si de Maximien la sentence mortelle,
Devait m'en séparer... Que je meure avec elle.
(Ils sortent.)

SCÈNE V.

CORVINUS, JULES.

CORVINUS.

Nous venons de l'entendre et n'en pouvons dou-
[ter,
Théophile est séduit ; il s'est laissé capter
Par ce vil imposteur ; et son père lui-même,
Des chrétiens va bientôt adopter le système.
Mais de cet étranger, as-tu vu le maintien ?
De la secte on le dit le principal soutien.

Dès qu'il a d'Adrien endoctriné la femme,
Il s'empare du fils, et sa perfide trame
Va bientôt enlacer le père avec l'enfant ,
Pour les lier tous trois à son char triomphant
Car ce père, déjà séduit par son langage,
A confié son fils à ce vil personnage.

JULES.

Il eut été meilleur sans doute à ton avis,
Qu'à son illustre épouse il refusât son fils,
Et privât une mère, au sein de sa détresse,
De presser dans ses bras l'objet de sa tendresse ?
Ta haine des chrétiens te rend presque cruel.

CORVINUS.

Non, non, ce sentiment n'a rien de criminel :
L'horreur du fanatisme est l'esprit qui m'inspire,
Ainsi que mon amour pour les Dieux de l'em-
[pire.
Je veux même aujourd'hui, recueillant ces dis-
[cours,
De la séduction interrompre le cours,
En allant de ce pas au préfet du prétoire
En retracer l'horrible et trop fidèle histoire ;
Je lui signalerai ce perfide imposteur,

Qui, trompant d'un enfant la naïve candeur,
L'entraine avec sa mère au fond d'un noir
[abîme.

JULES.

Mais ce serait trahir ton ami ; c'est un crime !

CORVINUS.

C'est un devoir. Je dois obéir à la loi :
Elle exige de tous, elle exige de moi,
Qu'au magistrat romain j'aille faire connaître
Tout chrétien avoué.

JULES.

Quoi ! tu serais un traître !
Théophile, trahi, puis livré par tes mains,
Deviendrait le jouet de soldats inhumains...
D'épouvante et d'horreur, ah ! mon âme est sai-
[sie,
Tu ne commettras pas si noire perfidie !

CORVINUS.

Je vais faire arrêter au moins son séducteur,

JULES.

Ni l'un, ni l'autre, Allons voir venir l'empereur.
(Il l'entraîne).

ACTE DEUXIÈME.

—

SCÈNE I.

ADRIEN, THÉOPHILE.

ADRIEN *(seul d'abord, va au devant de Théophile entrant sur la scène.)*

Te voilà donc enfin ; viens me rendre la vie
En m'apportant l'espoir de revoir Nathalie ;
Dis-moi quel est son sort : ah ! qu'il doit être af-
[freux !

THÉOPHILE.

Détrompez-vous, mon père ; il n'est pas malheu-
[reux.
Ma mère au moins le croit ; elle s'estime heu-
[reuse.

ADRIEN.

Heureuse dans les fers ! félicité trompeuse ;
Heureuse sans son fils et loin de son époux !

THÉOPHILE.

Oui, ma mère est heureuse ! il lui paraît si doux
De souffrir pour son Dieu, que ses chaînes hon-
                                        [teuses
Se changent à ses yeux en pierres précieuses,
Les préférant, dit-elle, à l'or, aux diamants,
Qui paraient autrefois ses riches vêtements.

ADRIEN.

Elle est donc insensible à la douleur amère
Que son malheur me cause,

THÉOPHILE.

                        Ah ! loin de là, ma mère
Au sein de sa prison pense sans cesse à vous.
Ses craintes et ses vœux sont tous pour son époux ;

Elle offre à Dieu ses maux ainsi que sa prière,
Pour que vos yeux enfin s'ouvrent à la lumière.
Elle gémit surtout sur la condition
Qui vous fait l'ennemi de sa religion,
Vous forçant à regret de tracer les sentences,
Qui d'un tyran cruel traduisent les vengeances
Contre un peuple innocent.

ADRIEN.

                Le premier je gém ;
Sur le rôle honteux qui m'est hélas ! commis !
Que j'achette à grand prix ces faveurs dange-
                      [reuses !
O trop vaines grandeurs, ô richesses trom-
                      [peuse ,
O trône des Césars, ô gloire d'un haut rang,
Que ne puis-je, abjurant ce tribunal de sang,
Vous fouler à mes pieds ainsi que la poussière !
Tu le vois, cher enfant, je hais mon ministère ;
Aux chrétiens en secret j'appartiens par le cœur ;
Mais pour sauver ta mère, il faut de l'empereur
Ménager la faveur ombrageuse et jalouse,
Prudence insupportable à ma pieuse épouse,

Qui voudrait, qu'affrontant le cruel Maximien ,
Sans crainte et sans détour, je me disse chrétien.
Affreuse anxiété, terrible alternative,
De ne pouvoir sauver notre illustre captive,
Qu'en la blessant au cœur, ou bien, en embras-
[sant
Son culte et ses autels en fidèle croyant,
La perdre sans retour et me perdre avec elle.
O sort trop malheureux, fatalité cruelle !

THÉOPHILE.

O père bien-aimé , ne désespérez pas,
Car le Dieu des chrétiens signalera son bras
En faisant en ce jour triompher l'innocence.
Mais quoi ! César, fermant son cœur à la clémence,
Vous a t-il repoussé ? n'avez- vous plus d'espoir
De le fléchir enfin ?

ADRIEN.

Eh ! je n'ai pu le voir !
A ses vils courtisans seulement accessible,
Il prépare avec eux ce drame affreux , horrible,

Qui va dans un instant se jouer en ces lieux,
Disposant l'action, le dénoûment affreux,
De peur que des chrétiens les déplorables restes
Ne puissent échapper à ces piéges funestes.
Pourtant il m'a mandé que je pourrais ce soir,
Quand sur son tribunal il va venir s'asseoir,
Lui faire par moi-même agréer ma requête.
Ainsi, pour ce moment, il faut que je m'apprête.

THÉOPHILE.

Je le vois, tout espoir ne vous est pas ôté.

ADRIEN.

Dis plutôt que je peux, et sans témérité,
Croire que Maximien comprendra l'injustice
De frapper la vertu des châtiments du vice,
En plongeant dans l'horreur d'une noire prison,
Des femmes, dont le crime est leur compassion;
Pour des infortunés dont la simple innocence
Aurait des droits sacrés au moins à l'indulgence.
On reproche aux chrétiens d'adorer un seul Dieu
Qui peut tout, qui sait tout, qui réside en tout
[lieu :

Sont-ils plus grands nos dieux ! Oui, par leur mul-
[titude,
Mais leur pouvoir restreint n'est qu'une servitude ;
Et s'il faut remonter à leurs commencements,
Saturne, on le sait bien, dévorait ses enfants,
Tandis que des chrétiens le Dieu si débonnaire,
Pour racheter les siens est descendu sur terre.

THÉOPHILE.

Si vous avez conçu de si beaux sentiments,
O mon père ; pourquoi refuser plus longtemps
De rendre hommage au Dieu qu'adore Nathalie ?
Ce Dieu si bon qui fait le charme de sa vie,
Et dont elle eut goûté doublement la douceur,
Si vous eussiez voulu partager son bonheur.

ADRIEN.

Ah ! mon fils ; il est vrai, depuis longtemps ta
[mère
Me presse d'adorer le Dieu qu'elle révère ;

Et soit qu'ait à mes yeux brillé la vérité,
Soit qu'ait à son amour cédé ma volonté,
Des mystères chrétiens j'entrevois l'harmonie,
Et des dieux de l'Olympe abhorre l'infâmie.
Jusqu'ici, toutefois, faut-il te l'avouer,
Au culte des chrétiens je n'ai pu me vouer.
J'ai cru que différer était prudent et sage ;
Pour l'embrasser, il faut un sublime courage ;
Etre prêt à verser, pour ce Dieu, tout son sang,
A lui sacrifier sa fortune, son rang ;
Et ce culte après tout, si l'on veut y bien vivre,
Est difficile à croire, et difficile à suivre.

THÉOPHILE.

Seigneur, pardonnez-moi ; bien grande est votre
                                             [erreur ;
Cette religion se juge par le cœur ;
Ah ! si votre grand cœur se l'était imposée,
Sa foi vous serait douce et sa pratique aisée ;
Elle eut en un instant charmé tous vos ennuis,
Même en des jours sereins changé vos sombres
                                             [nuits.
Non, père bien-aimé, non rien n'est comparable,
Au bonheur de servir un Dieu si secourable.

ADRIEN.

Qu'entends-je... ces discours... cet étrange main-
[tien,
Me rendent... O mon fils, te ferais-tu chrétien ?

THÉOPHILE.

Je le suis.

ADRIEN.

Depuis quand ? Ah ! parle.

THÉOPHILE.

                  Aujourd'hui même ,
Je viens d'être lavé dans les eaux du baptême.
J'étais chrétien de cœur depuis assez longtemps;
Ma mère avait pris soin, dès mes plus jeunes
[ans,
De m'instruire en la loi du divin Evangile,
Apprenant à l'aimer je la trouvais facile ;
Mais jusques à ce jour elle avait différé
D'imprimer sur mon front ce signe vénéré,

Afin qu'en goûtant mieux l'importance infinie.
Je susse le défendre au péril de ma vie ;
J'étais catéchumène, et j'attendais le jour
Où j'allais dans ces eaux me plonger à mon tour,
Quand, par un coup fatal, cette mère chérie
Au fond d'un noir cachot s'est vue ensevelie ;
Ses premiers soins alors ont été de me voir,
Pour me faire accomplir cet important devoir.

ADRIEN.

C'était donc là, mon fils, le sujet du message
Qu'a rempli près de nous ce pieux personnage ?

THÉOPHILE.

Oui, Seigneur ; vers ma mère il dirige mes pas :
Dès qu'elle m'aperçoit, elle me tend les bras,
Me presse sur son sein, m'inonde de ses larmes,
Puis, avec un regard plein d'amour et de charmes,
Elle me dit : mon fils, je vais bientôt mourir ;
Je t'en conjure donc, garde en ton souvenir
La dernière parole et le vœu de ta mère :
Tu porteras bientôt le sacré caractère,

Qui de ton Rédempteur va te créer l'enfant,

Et, te liant au Christ par un heureux serment,

Va donner à ton âme une nouvelle vie,

En t'assurant encore une gloire infinie.

Ah ! je mourrai contente en te sachant chrétien,

De tes nouveaux devoirs il faut n'omettre rien,

Et rendant par ta vie un éclatant hommage

A ton Dieu, s'il fallait lui rendre témoignage

En lui donnant ton sang, tu n'hésiteras pas

A t'avouer chrétien jusqu'au sein du trépas.

Rappelle en ton esprit la parole du maître :

« Devant juges ou rois s'il vous fallait paraître,

» Ne songez point d'avance au langage à tenir :

» J'ouvrirai votre bouche, et j'en ferai sortir

» Des discours qui vaincront tout pouvoir ad-
[versaire.

» Ne les craignez donc point, ils ne peuvent rien
[faire

» Que tuer votre corps ; là finit leur pouvoir.

» Craignez plutôt celui qui n'a qu'à le vouloir

» Pour jeter âme et corps dans la flamme éter-
[nelle, [1] »

Puis s'adressant au diacre : emmenez, lui dit-
[elle,

(1) Saint Mathieu, ch. x, v. 19, 20, 28.

Emmenez mon enfant au pontife sacré,
Afin que dans l'eau sainte il soit régénéré ;
Dites-lui qu'élevé dans la simple innocence,
De la doctrine sainte il acquit la science,
Et qu'il n'aspire plus qu'au bonheur surhumain
D'être, après tant d'attente, empreint du sceau
[divin.
Elle dit ; et ses bras sur son sein me pressèrent,
Et ses yeux de nouveau de leurs pleurs m'i-
[nondèrent ;
Moi, je pleurais aussi ; mais malgré ma douleur,
J'étais en paix ; c'était, oui ! presque du bon-
[heur.

ADRIEN.

Mais dis-moi dans quel lieu t'a conduit Théo-
[phore ?
O mon cher fils, de toi je veux savoir encore
Comment s'est accompli l'acte religieux,
Qui, selon votre foi, doit vous ouvrir les cieux.

THÉOPHILE.

Dans un quartier désert, et loin des bruits du
[monde ,
Il existe sous terre une voûte profonde,

Où les chrétiens, fuyant l'œil d'un tyran cruel,
Accourent chaque jour offrir à l'Eternel
La victime sans prix qu'en tremblant on adore;
C'est là que m'a conduit le pieux Théophore.
Quel tableau s'offre alors à mon œil étonné :
Devant les saints autels un peuple prosterné,
Faisant retentir l'air de solennels cantiques ;
Le pontife couvert d'ornements magnifiques,
D'un saint recueillement profondément ravi,
Tandis qu'à son entour se rangent à l'envi
Des lévites sacrés une troupe empressée,
Tous semblant obéir à la seule pensée
D'adorer l'Eternel. Par mon guide averti,
L'évêque avec bonté m'a bientôt accueilli,
Puis collant sur mon front sa bouche vénérable,
M'a du baiser de paix fait la faveur aimable ;
Et de ma foi lui-même ayant pu s'assurer,
Dans les rangs des chrétiens enfin m'a fait en-
                                        [trer,
Ah ! père bien-aimé, que puis-je vous en dire?
Ce que j'ai vu, senti, pourrait-il se décrire ?
J'avais quitté la terre et j'étais dans les cieux :
Devant le jour divin qui brillait à mes yeux,
Le soleil eut pâli ; car, mon âme enivrée
Savourait une joie ineffable, ignorée ;

J'avais comme entrevu la céleste cité ;
Parmi ses citoyens j'étais déjà compté.
Mais pour vous en donner une imparfaite image,
J'emploîrais sans succès notre faible langage.
Sans doute il faut au ciel un idiome exprès
Pour pouvoir de la joie exprimer les excès,
Félicité si pure et que le monde ignore !
Oh ! que j'étais heureux ! que je le suis encore !..
Oh ! mon père, pourquoi n'êtes vous pas chré-
[tien ?

ADRIEN.

Je le serai bientôt, mon enfant, crois le bien.
Ton Dieu ne peut manquer d'exaucer ta prière,
Et d'un fils si pieux prendre en pitié le père.
Mais qu'a dit Nathalie à mon sujet ?

THÉOPHILE.

Je crains

De vous l'apprendre...

ADRIEN.

Ah ! parle...

THÉOPHILE.

                              Je vous plains !
Elle est inébranlable: O mon bien-aimé père,
Quand vous serez chrétien vous reverrez ma
                                        [mère.
Mais, malgré l'apparence, en ces évènements
Ne vous méprenez pas sur ses vrais sentiments :
Elle a toujours pour vous une tendresse extrême
Et c'est dire trop peu, que dire, elle vous aime.
L'amour qu'elle vous porte est si grand et si
                                        [fort,
Qu'elle eut sans hésiter souffert cent fois la mort
Pour vous faire acquérir cette nouvelle vie ,
Qui d'un bonheur parfait est à jamais suivie.

ADRIEN.

Je crois à son amour ; Ah ! quels cruels tour-
                                        [ments !
D'être ainsi partagé par divers sentiments :
Faut-il blesser au cœur une épouse chérie ?
Faut-il sacrifier ma fortune et ma vie ?

SCÈNE II.

Les Précédents, THÉOPHORE.

THÉOPHORE (à Théophile).

Voici donc arrivé le moment solennel.
Le peuple est assemblé ; déjà près de l'autel,
On vient de préparer cette table mystique,
Où doit vous être offert ce festin magnifique,
Auquel vous prendrez part pour la première fois,
Du Seigneur remplissant la plus douce des lois ;
Je venais vous chercher.

ADRIEN.

Je ne saurais comprendre
Qu'en un festin, mon fils, en ce jour pût se
[rendre ;

Alors que nous pleurons, accablés de douleurs,
Sur le sort de sa mère.

THÉOPHORE.

Ah ! quelle est votre erreur !
Non, il ne s'agit point pour votre Théophile,
Ou d'un festin profane ou d'un plaisir futile :
Ce repas est toujours offert dans le saint lieu ;
Les convives y sont sous le regard de Dieu,
Et l'aliment divin qu'à prendre on les convie,
Ne flatte point les sens et leur donne la vie.
Au reste, il vous suffit, pour être rassuré,
De savoir qu'en venant à ce banquet sacré,
Votre fils obéit aux ordres de sa mère.

ADRIEN.

Tandis que de son fils rien ne la peut |distraire,
Elle est indifférente au sort de son époux,
Elle m'oublie !

THÉOPHORE.

Oh ! non, Seigneur ; détrompez-vous.

Nathalie au milieu des plus vives alarmes,
Ne cesse point sur vous de répandre des larmes,
Vous êtes à jamais le maître de son cœur,
Malgré qu'elle déplore avec vous le malheur,
Qui vous tient enchaîné près de la tyrannie.

ADRIEN.

Que veut-elle ? Faut-il qu'aussi je sacrifie,
Ma vie et mon honneur à son opinion ?

THÉOPHORE.

Ah ! parléz mieux, Seigneur, de sa religion,
Non, la foi des chrétiens n'est pas un vain sys-
[tême,
Mais un fait attesté par la vérité même,
Et scellé par le sang d'innombrables témoins,
D'autant plus contesté qu'on le connaissait moins.

ADRIEN.

Faut-il vous l'avouer, malgré vos assurances
Je ne saurais encor partager vos croyances;

Mais je respecte au moins celles de mon enfant.
Vous pouvez l'emmener.

THÉOPHORE.

Je vois en ce moment,
D'un pas précipité venir deux jeunes hommes,
Tout doit être suspect dans le temps où nous
[sommes,
Par nos persécuteurs serions-nous poursuivis ?

ADRIEN.

Rassurez-vous, ce sont les amis de mon fils.

SCÈNE III.

Les Précédents, CORVINUS, JULES.

CORVINUS (à *Théophile*).

Nous te cherchions, ami, dans un instant peut-
[être
Nous allons en ce lieu voir Maximien paraître.

Avec tout l'appareil du faste impérial :
Il vient enfin s'asseoir sur son haut tribunal
Pour juger les chrétiens ; spectacle magnifique,
Qui doit t'intéresser.

THÉOPHILE.

       Dis plutôt œuvre inique,
Qui doit me faire horreur.

CORVINUS.

       Mais pourtant Adrien
Doit y participer assistant Maximien
Dans tous ses jugements.

THÉOPHILE.

       Il est son secrétaire,
C'est son devoir ; d'ailleurs Adrien est mon père,
Je ne le peux juger, mais sans manquer en rien
Aux égards que l'on doit à ce titre, on peut bien
Eloigner ses regards de ces scènes horribles,
Qui doivent déchirer les cœurs les moins sen-
                      [sibles.

ADRIEN.

J'approuve de mon fils les nobles sentiments,
Et l'horreur qu'il conçoit pour ces procès san-
[glants ;
Et ne peux sans surprise en ce moment entendre,
Jeune homme, le plaisir que vous paraissez
[prendre
A voir couler le sang.

CORVINUS.

Si c'est du sang chrétien,
C'est permis.

THÉOPHILE.

Corvinus, quel langage est le tien !
Ainsi donc à tes yeux, malheureux que nous
[sommes,
En devenant chrétiens nous cesserions d'être
[hommes,

CORVINUS.

Puisque tous les chrétiens sont ennemis des dieux,
Oui l'on doit comme tels les poursuivre en tous
[lieux;
Qu'on ne fasse point grâce ou trève à ces impies.

THÉOPHILE.

Honore de ce nom, dont tu nous qualifies,
Ceux qui prostituant leurs adorations
Aux vices flétrissants, aux viles passions,
Sous les noms de Bacchus, de Vénus, de Mercure,
Aux pieds de leurs autels, tout couverts de souil-
[lure,
Vont porter le tribut de crimes infàmants.

CORVINUS.

Voilà bien des chrétiens les nobles senti-
[ments,
De la secte déjà tu dois faire partie ?

THÉOPHILE.

Oui, oui! Je suis chrétien, prêt à donner ma vie...

THÉOPHORE.

Cessez, mon cher enfant, d'inutiles discours ;
D'un torrent débordé l'on suspendrait le cours,
Plutôt que de l'impie enchaîner la parole.
Vos efforts seraient vains, votre entretien frivole,
Le temps presse d'ailleurs ; vous êtes attendu ;
Déjà dans le lieu saint tout le peuple est rendu,
Faisant retentir l'air de ces divins cantiques,
Que répètent au ciel les concerts angéliques.
Partons !

(*A Adrien.*)

  Seigneur, adieu, j'emmène votre fils,
Avant la fin du jour je vous l'aurai remis,
Plus digne que jamais de votre amour extrême.

ADRIEN.

Allez, cher Théophore, et que le Dieu suprême
Sur mon fils et sur vous daigne étendre sa main;
Qu'il guide heureusement votre pieux dessein.
Pour moi, je vais revoir ma chère Nathalie,
Et tâcher d'adoucir sa rigueur inouïe.

THÉOPHORE.

Vous vous flattez, Seigneur. Ah! vous n'obtien-
[drez rien
Si vous ne promettez de vous faire chrétien.

ADRIEN.

Cependant à tout prix il faut que je la voie.
Oui, pour toucher son cœur il faut que je déploie
Tout ce que peut l'amour inspirer de plus fort;
Je veux trouver enfin son amour ou la mort.
(Ils sortent.)

SCÈNE IV.

CORVINUS, JULES.

CORVINUS.

Le doute, tu le vois, ne nous est plus possible :
Théophile est chrétien : quel attentat horrible !

As-tu considéré ce ministre insolent,
Qui, peu content d'avoir séduit un faible enfant,
Laisse tomber sur moi le sarcasme et l'injure :
J'en tirerai vengeance aujourd'hui, je le jure !

JULES.

Que dis-tu, Corvinus, et quel est ton dessein ?

CORVINUS.

De porter cette affaire au magistrat romain ;
Oui, je vais de ce pas au préfet du prétoire
Remettre tous les fils de cette affreuse histoire.
Nous lui raconterons tout ce qu'ils nous ont dit,
On pourra les saisir même en flagrant délit ;
Et pour peu que l'on use et de ruse et d'au-
[dace,
Bientôt de leur repaire on trouvera la trace :
Alors ils seront pris comme dans un filet.

JULES.

Ainsi donc tu reviens au funeste projet
De trahir, de livrer notre ami Théophile.

CORVINUS.

Et pour m'en empêcher tout serait inutile.
J'ai pu me laisser vaincre une première fois,
C'en est fait, désormais je suis sourd à ta voix,
A tes raisonnements je suis inaccessible.

JULES.

A la voix d'un ami si tu n'es pas sensible,
Alors écoute au moins celle de la raison.

CORVINUS.

La raison dit : tuez la superstition,
Avant qu'elle n'infecte et palais et chaumière.

JULES.

La persécution produit l'effet contraire ;
Elle grandit le mal au lieu de l'arrêter.

CORVINUS.

A quoi bon plus longtemps avec toi discuter ?
Tu connais comme moi les décrets de l'empire,

Je veux leur obéir quoique tu puisses dire,
En allant déclarer ce que nous avons vu.

JULES,

Si d'un vil délateur, le rôle t'a paru
Digne d'ambition , pour moi je te déclare
L'avoir pris en horreur ; et de toi me sépare,
Si tu ne reviens pas à d'autres sentiments.

CORVINUS.

Seul je suis assez fort, alors que je défends
La gloire de nos dieux, l'honneur de la patrie ;
Parmi les défenseurs d'une cause chérie
J'irai sans hésiter paraître au premier rang.

ULES.

Une religion qui demande du sang
Ne saurait point du Ciel pour nous être venue.
La patrie à bon droit doit être méconnue,
Alors qu'à se combattre excitant ses enfants,
Sur son sein déchiré les étreint tout sanglants.

CORVINUS,

Malgré tous les efforts de ta haute éloquence
Je poursuis mon dessein avec persévérance,
Et ne m'arrête point , si je n'aperçois pas,
Le maître et le disciple aux mains de nos soldats.

JULES.

O mon cher Corvinus, renonce, je t'en prie,
A ton cruel dessein, qui compromet la vie
d'un ami vertueux, et plonge dans le deuil
Une illustre famille. Hélas ! et de quel œil
Tes parents, tes amis, la cité tout entière ,
Verront-ils un enfant , la gloire de sa mère,
Trahi par toi, tomber sous la main des bourreaux
Comme une tendre fleur, au tranchant de la faux ?

CORVINUS.

Que m'importe après tout l'opinion publique ?
Je m'élève au-dessus d'une vaine critique ,
Je remplis un devoir, rien ne peut m'arrêter :
J'y vais.

JULES (*l'arrêtant*).

Daigne un instant, cher ami, m'ecouter.

CORVINUS (*se dégageant*).

Laisse-moi. Tu voudrais affaiblir mon courage,
Tu ne fais qu'augmenter ma fureur et ma rage,
Adieu.

JULES.

Va, mets le comble à ta noire fureur ;
Va livrer Théophile aux mains de l'empereur ;
Puis tu rapporteras dans tes mains fratricides
Le salaire promis aux délateurs perfides,
Et tu viendras après m'offrir de partager.

CORVINUS.

Non, je ne veux point d'or, mais je veux me
[venger.

(*Il sort.*)

SCÈNE V.

JULES.

JULES (*seul*).

Le méchant ! ô grands dieux ! Quelle fureur l'a-
[nime !
Pour l'arrêter encor dans la route du crime,
Peut-être vaut-il mieux ne l'abandonner pas :
Je le suis donc, je vais m'attacher à ses pas.

(*Il sort du côté de Corvinus.*)

ACTE TROISIÈME.

SCÈNE I.

ADRIEN

ADRIEN (*seul*).

Trop vertueuse épouse, ô femme incomparable,
Inflexible toujours, pourtant toujours aimable,
Je n'en saurais douter, tu chéris Adrien ;
Mais tu ne le veux voir, s'il ne se fait chrétien.
Tu consens à mourir, si je consens à vivre
Pour ta religion... Mais puis-je donc te suivre,
Sans me sacrifier et me perdre avec toi?
Que m'importe, dis-tu, si tu meurs dans ma foi :
Je ne saurais vouloir conserver l'existence,
Si je l'achette au prix de ton indifférence,
Pour le Dieu que ie sers. Ces sentiments sont
[beaux,

Mais ma faiblesse, hélas ! les trouve encor trop
[hauts ;
Pourrais-je les atteindre ?... Hélas ! j'en déses-
[père ,

SCÈNE II.

ADRIEN, THÉOPHILE.

THÉOPHILE.

Oh ! que je suis heureux ! quel beau jour, ô mon
[père !
Au banquet des chrétiens, banquet délicieux,
J'ai reçu, savouré, ce pain mystérieux ;
J'ai bu dans cette coupe au céleste breuvage...
Il ne m'est pas permis d'en dire davantage [1] ;
Quand je pourrais parler, ah ! je voudrais en
[vain
Le dire ; on peut goûter ce bonheur tout divin ,

(1) Dans les premiers siècles de l'église les fidèles étaient obligés de garder le secret sur le mystère de l'Eucharistie pour ne pas exposer ce dogme sacré aux blasphèmes des païen.

Mais le comprendre, non ! encor moins le dé-
[crire :
C'est plus que du bonheur, c'est comme un saint
[délire
Qui ravit l'âme au sein de la Divinité !
Ce pain donne aux chrétiens tant d'intrépidité,
Qu'y puisant des lions l'indomptable courage,
De leurs persécuteurs ils affrontent la rage.
Aussi le premier soin du diacre en leur prison
Est de leur en porter l'inestimable don.
Théophore aujourd'hui remplit ce ministère
Auprès de nos chrétiens, que l'Empereur Galère
Appelle devant lui ; mon père, j'ai l'espoir,
Que vous me permettrez en ce pieux devoir
De le suivre aux prisons.

ADRIEN.

Ah ! mon fils, je t'envie
Le bonheur de le suivre auprès de Nathalie ;
Mais je ne l'oserais, si je ne suis chrétien :
Ainsi l'ai-je promis à ta mère... et crains bien
De ne pouvoir bientôt accomplir ma promesse.

THÉOPHILE.

Vous avez donc pu voir ma mère en sa détresse ?

ADRIEN.

Je ne l'ai que trop vue : ô désolation !
Cet entretien, au lieu de consolation,
A laissé dans mon cœur une angoisse mortelle,..
Dès qu'elle m'aperçoit. « Oses-tu, me dit-elle,
Offrir à mes regards l'ennemi des chrétiens !
En venant jusqu'à moi, quels projets sont les
[tiens ?
Viens-tu de Maximien m'apporter la sentence,
Ou viens-tu de mon Dieu m'enlever la croyance ?»
Non, non, je ne viens point t'enlever à ton Dieu,
Mais à la mort : je viens t'arracher de ce lieu,
Ton Dieu sera le mien ; c'est lui seul que j'adore,
Mais en secret : il faut que l'Empereur l'ignore,
Car ta vie en dépend. — Ah ! j'aime mieux mou-
[rir,
Reprit-elle, plutôt que de te voir faiblir
Et dès le premier pas devenir infidèle.
Aussitôt un combat d'une espèce nouvelle

S'élève entre nous ; moi, par un suprême effort,
Je voudrais à tout prix l'arracher à la mort,
Tandis que cette femme héroïque et chérie,
N'aspirait qu'au bonheur d'offrir à Dieu sa vie
Pour m'en faire acquérir une meilleure. Enfin
Reconnaissant hélas ! que je luttais en vain,
J'ai cédé, j'ai promis d'adopter sa croyance,
Et son cœur embrassant cette douce espérance
Des larmes de bonheur ont inondé ses yeux [1].

THÉOPHILE.

Ah ! tenez ce serment, mon père.

ADRIEN.

Je le veux.

THÉOPHILE.

Aujourd'hui !

(1) On peut voir dans les Actes d'Adrien, la résistance que son épouse Nathalie lui opposa lorsqu'elle le vit revenir en sa maison, dans la pensée où elle était qu'il avait cédé à la crainte des tortures.

ADRIEN.

Pas encor ; car je sens ma faiblesse
Pour pouvoir accomplir cette grande promesse,
Il faut me dévouer à d'immenses malheurs :
Déjà je vois surgir mille persécuteurs
Et briller des bourreaux la hâche menaçante !
Ah ! que ton Dieu sur moi lève sa main puissante,
Qu'il daigne m'accorder cette insigne faveur
D'éclairer mon esprit et de toucher mon cœur,
Pour pouvoir accomplir une loi si sévère.
Mais avant tout, mon fils, il faut sauver ta mère
Et songer à fléchir un despote inhumain.

THÉOPHILE.

Entreprise hardie et succès incertain :
Emouvoir un tel monstre est-ce chose facile ?

ADRIEN.

Je ne le sais que trop, ô mon cher Théophile.

THÉOPHILE.

S'il connaissait ma mère et son cœur généreux,
Ses vertus, ses bienfaits envers les malheureux,
Voudrait-il dans les fers la retenir encore ?

ADRIEN.

Lui, priser la vertu ! par instinct il l'abhorre,
Il la poursuit ; le vice a toute sa faveur,
Il vient en aide au crime...
(En ce moment on entend une marche guerrière
dans le lointain.)

THÉOPHILE.

Ah ! voici l'Empereur !
O mon père, que Dieu mette dans votre bouche
Un langage inspiré qui persuade et touche ;
Et que par vos discours le tyran convaincu,
Soit obligé de rendre hommage à la vertu.

Théophile m'attend, j'y cours ; adieu mon père.
O moments pleins d'angoisse !!! O Dieu ! sauvez
[ma mère.

(*Il sort*)

SCÈNE III.

MAXIMIEN, ADRIEN, PORCIUS, FÉLIX,

GARDES, *suivis de quatre licteurs portant teurs faisceaux précédant l'Empereur, et en arrivant sur la scène allant se placer aux quatre coins du tribunal.*

MAXIMIEN.

Le voici donc venu ce jour, sage Adrien,
Où je dois en finir avec le nom chrétien,
Portant le dernier coup au reste misérable
De cette secte impie, affreuse, abominable.
Je t'ai fait appeler à ce haut tribunal,
Pour remplir près de moi ton office légal :
Tu vas écrire enfin la terrible sentence

Qui doit sur les chrétiens signaler ma vengeance
Aux yeux de l'univers.

ADRIEN.

                    Avec empressement,
Je viens prêter , Seigneur , à votre jugement,
Le concours de mon zèle et de mon ministère.

MAXIMIEN.

Assez et trop longtemps cette secte adultère,
Implorant tour à tour et bravant ma bonté
Et tournant contre moi ma longanimité,
De son venin mortel corrompt toute l'Asie.
En vain pour extirper cette secte ennemie,
Dioclétien et moi par des lois de terreur,
Par des tourments nouveaux d'une extrême ri-
                              [gueur,
L'avons-nous combattue, espérant la détruire,
Et du sang des chrétiens inondé tout l'empire :
De leur sang on dirait qu'ils renaissent toujours ;
La superstition poursuit ainsi son cours,

Promenant en tout lieu son funeste ravage,
Dans la cité superbe et dans l'humble village,
Dans la pauvre chaumière et jusqu'en mon palais,
Infectant ceux des miens qui me touchent de près.
Donc mort, mort aux chrétiens !... Que n'ont-ils
[qu'une tête
Pour l'abattre d'un coup ! mais du moins je m'ap-
[prête.

A couper de ce tronc les rejetons naissants ,
Et finir d'arracher les rameaux languissants ;
C'est ainsi qu'on va voir traîner en ma présence,
Ce reste des chrétiens, soustraits à ma vengeance,
Qui refusa naguère, au milieu des tourments,
De brûler à nos dieux un légitime encens.

(Il monte sur le tribunal.) A Félix,
après s'être assis.

Félix, qu'à l'instant même on fasse comparaître
Les prisonniers chrétiens.

FÉLIX.

                    Seigneur, j'ai fait transmettre
Au tribun, commandant la garde des prisons,
Votre ordre à ce sujet, et nous nous étonnons
Qu'ils ne soient pas ici.

MAXIMIEN.

Va voir, et les amène.
(*Félix sort.*)

SCÈNE IV.

Les Précédents, moins FÉLIX.

ADRIEN.

Par vos ordres, Seigneur, on a mis à la chaine,
Quelques femmes qu'on dit avoir, dans les pri-
[sons,
Apporté des secours, ou fait de légers dons
A des infortunés que les lois de l'empire
Frappent sévèrement, mais dont le sort inspire
A toute âme sensible, à tout cœur noble et bon
De la pitié... Seigneur, quoi ! la compassion
Serait un crime ?

MAXIMIEN.

Oui, oui ! ces femmes sont coupables
De secourir ainsi des hommes exécrables,
Rebelles à nos lois, ennemis de nos dieux.

ADRIEN.

Il en est une au moins qui doit être à vos yeux,
Bien digne d'indulgence : en elle la noblesse
Est jointe à la vertu.

MAXIMIEN (*d'un ton ironique*).

Qu'elle est cette princesse ?

ADRIEN.

Nathalie est son nom.

MAXIMIEN.

Nathalie ! Il est vrai,
On me l'a signalée, et je la traiterai
Comme se distinguant entre toutes ces dames
Par un zèle excessif, des manœuvres infâmes,
Bravant toute pudeur, méprisant tout danger ;
Sous un déguisement, à son sexe étranger,
Elle s'est introduite auprès de ces sectaires,
Pour mieux les affermir dans leurs erreurs gros-
[sières;
Aussi pour cet excès qu'on ne peut tolérer,
Je l'ai fait de cent coups de verges déchirer,

ADRIEN (*se couvrant le visage de ses mains*).

Dieux !

MAXIMIEN.

Qu'est-ce donc, Adrien? Quelle douleur t'oppresse?
D'où vient que cette femme à ce point t'intéresse,

ADRIEN.

C'est mon épouse!!! Ah! si mon assiduité
Aux devoirs de ma charge et ma fidélité
M'ont donné quelques droits à votre bienveil-
llance,
Daignez faire, Seigneur, droit à son innocence.

MAXIMIEN.

Innocente autrefois, mais chrétienne depuis :
Elle est coupable.

ADRIEN.

C'est la mère de mon fils !
Vous me rendrez Seigneur, ou m'ôterez la vie,
Selon que vous allez délivrer Nathalie,
Ou bien la retenir captive.

MAXIMIEN.

En ta faveur
Je fais grâce ; pourvu qu'abjurant son erreur,
Elle rende à nos dieux de solennels hommages,
Pour réparer ainsi ses précéddents outrages.

ADRIEN.

Mettre à votre faveur cette condition,
C'est en vouloir, Seigneur, l'inexécution :
Car si, de mon épouse attaquant la croyance,
J'essayais en son Dieu d'ôter sa confiance,
Un succès tout contraire en pourrait ressortir :
A ma religion loin de la convertir,
C'est elle qui voudrait m'amener à la sienne.

MAXIMIEN.

Tu pencherais aussi pour la secte chrétienne.

SCÈNE V.

Les précédents, FÉLIX.

FÉLIX.

O divin empereur, les soldats prétorie
Allaient vous amener les prisonniers chrétiens,

Quand on a reconnu que leurs graves blessures,
Inévitable effet de leurs longues tortures,
Et qu'on avait en vain essayé de guérir,
Ne leur permettaient pas, sans danger de mourir,
De pouvoir arriver jusqu'en votre présence,
Et sans frustrer ainsi votre juste vengeance.
C'est à vous d'ordonner ; décidez de leur sort ,
En leur rendant la vie ou leur donnant la mort.

MAXIMIEN.

Les tortures, qu'on a sur leurs corps exercées,
Leur ont-elles donné de meilleures pensées ;
Et sont-ils prêts enfin , abjurant leur erreur,
A brûler de l'encens à nos dieux ?

FÉLIX.

Non, Seigneur :
Bien loin que les tourments, altérant leur croyance,
Aient en rien ébranlé leur stupide constance ,
Ils semblent regagner ,en fanatique ardeur
Ce qu'a perdu leur corps de sang et de vigueur :
Ils sont prêts, disent-ils, à l'épreuve nouvelle
Qu'il leur faudra subir ; la mort la plus cruelle

8

N'a rien qui les effraie : héroïsme trompeur ;
Puisqu'au premier assaut d'une vive douleur,
Ils devront expirer. Ces âmes obstinées
Peut-être eussent enfin fléchi, sans les menées,
Le zèle obséquieux et les obsessions
D'un certain personnage introduit aux prisons,
Qui réchauffe l'ardeur de tous ces fanatiques,
Leur promettant des biens, des plaisirs chiméri-
[ques
Au delà du tombeau. Je l'ai fait arrêter,
Au moment où venant de les surexciter,
Il s'échappait suivi d'un jeune satellite
Que j'ai fait aussitôt enchaîner à sa suite.

MAXIMIEN.

Qu'on les fasse conduire ici.

FÉLIX.

                    Déjà, Seigneur ;
J'ai donné dans ce sens des ordres de rigueur ;
J'ai voulu devant vous qu'on les fît comparaître ;
Et comme au magistrat on les a fait connaître,
J'ai cru devoir citer leur dénonciateur,
Pour affirmer ici son dire accusateur ;

Mais je les aperçois , la garde du prétoire
Les amène.

SCÈNE VI.

Les précédents , THÉOPHILE et THÉOPHORE

(enchaînés et conduits par des soldats.)

ADRIEN *(apercevant Théophile.)*

Que vois-je ! Ah ! je ne peux le croire ;
Théophile ! mon fils !

THÉOPHILE.

Mon père , ces liens
Ne sont point flétrissants : j'appartiens aux chré-
[tiens ;
Aux prisons j'ai suivi notre bon Théophore ,
J'ai pressé dans mes bras ma bonne mère en-
[core ;
Voilà mon crime.

MAXIMIEN (*à Adrien.*)

Eh ! quoi, c'est ton fils, Adrien ?
Il ose l'insensé dire qu'il est chrétien :
Comment en as-tu fait un infâme sectaire ?

ADRIEN.

Le soin de la première enfance est à la mère.
Elle éleva son fils dans sa religion ;
S'il y persévéra ce fut conviction ;
Je n'ai pas cru devoir combattre sa croyance.

MAXIMIEN.

Tu fis mal ! et ne dois qu'à ta seule imprudence
Attribuer les maux qui vont tomber sur toi.

ADRIEN.

Pitié pour un enfant !

PORCIUS (*à Félix.*)

Félix, selon la loi,
Veuillez faire approcher les deux témoins.

(*Félix fait approcher Corvinus.*)

PORCIUS (*à Corvinus.*)

Jeune homme,
Quel est ton nom, celui de ton père ?

CORVINUS.

On me nomme
Corvinus ; du pays mon père est gouverneur.

PORCIUS.

Vous vous êtes porté comme l'accusateur
De ces deux citoyens : que pouvez-vous en dire ?

CORVINUS.

Je connais Théophile : il s'est laissé séduire

Par ce vil imposteur, qui, par d'affreux moyens,
L'a, devant moi, conduit aux mystères chré-
[tiens.
Je vais en quelques mots vous en tracer l'his-
[toire.

PORCIUS.

C'est assez, il suffit, le fait est bien notoire.

(A Félix désignant Jules.)

Faites approcher l'autre.

JULES.

O Seigneur Porcius ,
Ne m'interrogez pas : j'ai suivi Cŏrvinus
Bien moins pour appuyer sa démarche odieuse
Que pour l'en détourner; c'est chose bien affreuse
De trahir un ami ! D'ailleurs je ne sais rien.

PORCIUS.

Tu le sais bien pourtant, Théophile est chrétien.

JULES.

Dès longtemps je connais et j'aime Théophile.
Ses vertus, son humeur si douce et si facile
Me l'ont fait rechercher. Pour sa religion
Je ne lui fis jamais aucune question.
L'autre m'est inconnu.

MAXIMIEN.

Eh bien donc ! qu'il s'avance.

FÉLIX (à Théophore).

Approche, mais surtout parle avec assurance.

THÉOPHORE.

Je ne crains point.

MAXIMIEN.

Ton nom.

THÉOPHORE.

Je m'appelle chrétien.

MAXIMIEN.

C'est le nom de ta secte : on demande le tien.

THÉOPHORE.

C'est le mien ; et s'il faut en dire un autre encore,
Les chrétiens quelquefois m'appellent Théophore.
Nous portons, nous chrétiens, notre Dieu dans
[le cœur [1].

MAXIMIEN.

Nous aussi nous portons nos dieux en nous [2].

THÉOPHORE.

Seigneur,

(1) Paroles de saint Ignace martyr, à l'empereur Trajan.
(2) Paroles de l'Empereur Trajan à saint Ignace.

Vos dieux sont des démons d'un pouvoir éphé-
[mère,
Le nôtre est tout puissant au ciel et sur la terre.

MAXIMIEN.

Eh bien ! si dans l'instant tu n'adores les miens
Et ne renonces pas à celui des chrétiens,
Armés d'ongles de fer, les bourreaux vont te
[prendre
Et sur le chevalet te forcer à t'étendre ;
C'est alors que ton corps, par leurs mains dé-
[chiré,
Aux lions dévorants enfin sera livré ;
Et qu'avec toi ta secte exécrable périsse !

THÉOPHORE.

Mon corps vous appartient ; selon votre caprice
Vous pouvez le livrer au fer de vos bourreaux,
Le jeter dans le feu, l'abîmer dans les eaux,
En lambeaux déchirer ses chairs encor vivantes,
Les broyer sous la dent des bêtes dévorantes,

Vous le pouvez..... mais là finit votre pouvoir.
De nous vaincre jamais perdez donc tout espoir :
Car mon âme, Seigneur, est hors de votre at-
[teinte
Et de tous vos tourments elle n'a nulle crainte :
Ni l'enfer, ni la mort, ni le fer, ni le feu
Ne la sépareront de l'amour de son Dieu :
Je lui promis un jour une amour éternelle
Et jusques au trépas, je lui serai fidèle.

ADRIEN.

O serviteur du Christ, vous avez donc compté
Sur le Dieu des chrétiens, sur sa fidélité
A payer dignement vos travaux et vos peines [1].

THÉOPHORE.

Oui, seigneur Adrien ; j'en jure par ces chaînes,
Dieu récompensera d'un éternel bonheur

(1) Porro Adrianus qui erat princeps in officio, videns eorum constantiam, dixit ad eos : adjuro vos per Deum vestrum pro quo hoc patimur, ut mihi dicatis veritatem, et quæ sit remuneratio vel gloria quam pro his cruciamentis expectatis. *Act. Martyr. Ibid*

Un instant de souffrance, un seul jour de labeur
Accepté par amour [1].

THÉOPHILE (*vivement*).

N'en doutez pas, mon père,
Si les chrétiens pour lui combattent sur la terre,
Il saura bien un jour couronner dans les cieux
D'une gloire sans fin leurs fronts victorieux.
Oh ! c'est pour acquérir ces palmes immortelles,
Qu'ils s'exposent sans cesse aux tortures cruelles,
Qu'ils tombent immolés de la main des bour-
[reaux,
Que ma mère elle-même, en proie à tous les
[maux,
Vient d'être encore, hélas ! de verges déchirée;
Et pour vous rappeler la promesse sacrée
Qui doit faire de vous un homme tout nouveau,
Par mes mains elle envoie à son époux l'anneau,

(1) Sancti martyres dixerunt : nec dici potest, nec os nostrum
exprimere, nec aures capiunt ea quæ nos recepturos spera-
mus. *Act. Martyr. Ibid.*

Gage heureux d'union trempé dans sa blessure,
Témoignage éloquent des tourments qu'elle en-
[dure
Pour que le Christ enfin se montre à vos regards.

(Il remet l'anneau nuptial à Adrien qui aussitôt
est ravi hors de lui-même.)

MAXIMIEN (*avec fureur*).

Est-ce ainsi qu'on insulte au trône des Césars,
Que des faisceaux romains la majesté sévère
Est traitée ! Et quel est ce jeune téméraire
Qui vient ici mêler d'un ton dogmatiseur
Ses efforts aux discours de son nouveau docteur?
Le bourreau va bientôt les réduire au silence,
Ecris donc, Adrien, leur suprême sentence.

(Pendant tout ce discours de l'empereur, Adrien
est resté les bras et les yeux élevés au ciel.)

MAXIMIEN (*continuant avec impatience*).

Ecris donc !

ADRIEN (*revenant à lui, saisissant la plume*)

Oui j'écris, mais le nom d'Adrien ;
Car c'en est fait, Seigneur, je veux être chrétien !

C'est la voix de ton sang, ô chère Nathalie,
Qui, montant vers le ciel à ta prière unie,
Vient d'en faire descendre une vive clarté,
Qui dans mon âme a fait briller la vérité ;
Et si pour elle il faut sacrifier ma vie,
Je suis prêt à mourir.

MAXIMIEN.

Ah ! quelle est ta folie [1],
Quel vertige est venu saisir tous les esprits.

ADRIEN.

Je suis chrétien.

MAXIMIEN.

Veux-tu donner à si bas prix
Ta fortune. ton rang et jusques à ta vie,

(1) Insanis, Adriane ; nunc et tu vis vitam tuam male perde-
re. Adrianus respondit : Non insanio, rex, sed à multa insaniâ
reversus sum ad sanam mentem. *Acta Martyrum.Ibid.*

9

ADRIEN.

Seigneur j'étais atteint d'une extrème folie
Alors que j'estimais ces biens et ces honneurs ;
Mais, quand j'ai su du monde abjurer les faveurs
Pour goûter du vrai Dieu la céleste promesse,
Aussitôt j'ai trouvé la divine sagesse.

MAXIMIEN.

Cesse, Adrien, crois-moi, d'inutiles discours,
A ma clémence enfin il faut avoir recours.
Dis-nous qu'en ce moment ton âme détrompée
Rétracte la parole à ta bouche échappée :
Et je t'accorderai sans effort ton pardon [1].

ADRIEN.

Des chrétiens j'ai longtemps méconnu le Dieu
[bon ;

(1) Maximianus dixit : quid multa loqueris ? Pete à me veniam, et dic sub omnium conspectu subrepsisse tibi ut ita loqueris. Adrianus respondit ; Equidem deinceps a Deo petam
veniam malefactorum meorum. *Acta Martyrum. Ibid.*

Seigneur, voilà mon crime et j'en ai repentance.

Mais envers vous je n'ai commis aucune offense,
Et n'ai point de pardon à demander.

MAXIMIEN.

Eh bien !
Si malgré mes bontés, malheureux Adrien,
Dans ta funeste voie ainsi tu persévères,
Comme tu partageas le crime des sectaires,
Tu devras partager leur rude châtiment.
Frémis en entendant ton fatal jugement :
Adrien, Théophore, ayant dans leur délire
Refusé d'adorer les dieux de notre empire,
Vont être réunis aux prisonniers chrétiens
Que n'ont pu ramener les soldats prétoriens ;
Puis ils seront soumis aux différents supplices
Qu'ont déjà supportés leurs infâmes complices ;
Et que, pour en finir, chacun de leurs bourreaux
Brise sur une enclume avec de lourds marteaux
Leurs membres odieux [1]... Félix, que la sentence

---

(1) Posteaquam Maximianus comperit tum etiam quod jam
deficerunt viribus martyres, jussit incudem adferri, et eorum

S'exécute à l'instant pour marquer la vengeance
Réservée au mépris de mon autorité.

*Félix s'approche d'Adrien pour l'enchaîner, celui-
ci en tendant les mains s'exprime ainsi.*

ADRIEN.

Grâce vous soit rendue, ô Dieu de vérité ,
De m'avoir jugé digne, et malgré ma faiblesse,
De sceller de mon sang la foi que je professe,
Et d'être réuni, pour mourir avec eux,
A tous ces saints martyrs déjà victorieux
De tant d'affreux tourments. Adieu, mon Théo-
          [phile,
Je vais revoir ta mère, elle est enfin tranquille
Sur mon sort, en voyant que je meurs dans sa
            [foi.
Toi, sois digne de nous.

*(Il sort avec Félix qui le tient enchaîné , Corvinus
sort avec eux).*

pedibus supponi, et vecte ferreo manus ac tibias illorum confrin-
gi. Fecerunt lictores ut erant jussi, varaque et incudem cum
ferreo vecte attulerunt in carcerem. *Act. Martyr. Ibid.*

SCÈNE VII.

MAXIMIEN, THÉOPHILE, JULES, PORCIUS, Gardes.

THÉOPHILE *(en voyant son père s'éloigner).*

Ah ! mon père, sans moi [1]
Vous allez à la mort. Ah ! mon père, mon père !

(Aux soldats qui veulent le retenir.)

Pourquoi me retenir, laissez, laissez-moi faire ;
Laissez-moi donc me joindre à mon père Adrien,
Et mourir avec lui.... je suis aussi chrétien.

MAXIMIEN.

Calme-toi, mon enfant, ta beauté, ta jeunesse,

(1) Paroles de Saint-Laurent à Saint-Xiste allant au martyre.

Tes nobles sentiments, tout en toi m'intéresse.
Si, laissant des chrétiens la superstition,
Tu reviens à nos dieux, à ta religion,
Je te prodiguerai les honneurs, les richesses,
Et je te comblerai de toutes mes largesses.
Tu viendras habiter dans mon propre palais;
Puis à ma table assis, en savourant les mets,
Couvert de pourpre et d'or, ta parure pompeuse
Effacera l'éclat d'une cour fastueuse.
Par de nobles travaux, occupant tes loisirs,
Je saurai les mêler des plus charmants plaisirs.
Enfin je veux te rendre heureux, cher Théophile,
Pourvu qu'à mes désirs tu te rendes docile [1].

THÉOPHILE,

Vos promesses, Seigneur, ne me séduisent pas,
Et vos biens, vos plaisirs n'ont pour moi nul
[appas.

(1) Antiochus autem, cùm adhuc adolescentior superesset, non solum verbis hortabatur, sed et cum juramento affirmabat, se divitem et beatum facturum , et translatum à patriis legibus amicum habiturum, et res necessarias ei præbiturum. *Machab.* II. vII, 24,

Quand on m'a par la mort séparé de mon père,
On m'insulte, on m'outrage, alors que l'on es-
[père
Me faire avec de l'or perdre son souvenir :
Laissez-moi dans mon deuil m'aller ensevelir,
Et pleurant à loisir sa trop chère mémoire,
Célébrer à jamais son illustre victoire,

MAXIMIEN.

Non ! viens dans mon palais, tu pourras à loisir
T'abandonner aux pleurs, sur tes parents gémir.
Je plains aussi ton père et je lui rends justice ;
Je n'ai qu'à me louer de son loyal service :
Je me suis vu forcé de punir son erreur...
Toi, ne l'imite pas ; évite son malheur,
Refusant à nos dieux un légitime hommage.

THÉOPHILE.

De parents vertueux, l'enfant docile et sage
Devra suivre toujours l'exemple et les leçons.

MAXIMIEN.

Nos lois sont au-dessus de toutes ces raisons.
En adorant nos dieux tu te couvres de gloire,
Et la tache imprimée à la triste mémoire
Des auteurs de tes jours, toi, tu l'effaceras.

THÉOPHILE.

Leur mémoire est sans tache et ne périra pas,
Malheur à moi, Seigneur, si j'y portais atteinte,
Si, séduit par l'espoir ou frappé par la crainte,
Je trahissais les vœux qu'ils m'avaient inspirés
Si j'adorais les dieux qu'ils avaient abjurés !

MAXIMIEN.

Ah ! ces dieux immortels, si tu ne les adores,
Si, touché de regret à l'instant tu n'implores
Cette même bonté dont tu viens d'abuser ,
Sur l'affreux chevalet je te fais exposer,

Je t'y ferai frapper de verges déchirantes,
Brûler et dévorer par des torches ardentes,
Et par le glaive enfin tu recevras la mort.

THÉOPHILE.

A votre gré, Seigneur, disposez de mon sort ;
Mais avec liberté laissez-moi vous le dire,
Vos offres de bonheur n'ont pas pu me séduire,
Vos menacés de mort ne m'ébranlent en rien,
Je veux suivre mon père et mourir en chrétien.

MAXIMIEN.

Puisque cet insensé n'a pas voulu me croire,
Qu'on l'amène à l'instant dans la cour du prétoire,
Là vous accomplirez ce solennel arrêt :
Théophile sera mis sur le chevalet....

JULES, (*interrompant, se rapprochant du tribunal*).

Ah ! j'implore, Seigneur, votre haute clémence,

Excusez un enfant épris d'une croyance
Que sa mère lui fit sucer avec le lait :
Ayez pitié de lui, supprimez votre arrêt :
Tout parle en sa faveur, ses vertus, sa jeunesse,
Surtout pour ses parents, son extrême tendresse.

MAXIMIEN.

Quel est ce téméraire intervenant ici,
Sans être interrogé ?

JULES.

Prince, c'est mon ami :
Puis il est innocent ! si je suis téméraire,
Daignez me pardonner.

MAXIMIEN.

Toi l'ami d'un sectaire !
Le serais-tu toi-même ?

JULES.

Ah ! sans être chrétien
J'admire leurs vertus.

SCÈNE VIII.

Les Précédents, FÉLIX.

~~~~~~~~~~

FÉLIX.

A l'instant Adrien
Expire sans faiblesse au milieu des tortures
Après avoir perdu son sang par vingt blessures
Mais du zèle chrétien effet bien étonnant !
Qu'ai-je vu ! Nathalie excitant, soutenant
Son époux au milieu de son cruel supplice ,
Craignant qu'à la douleur cédant, il ne faiblisse ;
Même elle a demandé que le premier de tous,
Du marteau sur l'enclume il endurât les coups,
~~~~~~~~~~

De peur qu'étant témoin du supplice des autres
Il ne manquât de cœur pour suivre ses apôtres.
Elle-même pendant que le bourreau frappait
Ses membres mutilés, elle les présentait,
Montrant à son époux, pour prix de sa conquête,
Le ciel qu'elle disait être ouvert sur sa tête [1].

MAXIMIEN (à *Théophile*).

Tu l'entends, Théophile, et c'est le châtiment
Des chrétiens obstinés dans leur aveuglement.

THÉOPHILE.

Plus que jamais d'adore, en mon âme attendrie,
Le grand Dieu d'Adrien et de sa Nathalie.

(1) Ut vidit B. Natalia occurrit ei , rogavitque lictores ut
ab Adriano inciperent ne pœna atrocissima sanctis illata terre-
retur. Obtemperaverunt ei carnifices et cum imposuissent Adriani tibiam super incudem ; B. Natalia, pedem ejus apprehendens,
extendit supra incudem ; Carnifices vero , multa vi cædentes
amputaverunt pedes ejus et crura confregerunt.... Extendit ergo
manum Beatissimus Adrianus et porrexit eam Nataliæ. Illa vero
imposuit eam incudi, et carnifices amputaverunt.... et mox spi-
ritum reddidit. *Acta Martyr. Ibid.*

Qu'attends-tu donc, tyran, pour me faire mourir ?
Invente des tourments, je saurai les souffrir;
Mais ne te flattes pas que ces saintes victimes
Demeurent sans vengeur, tes fureurs et tes
[crimes
Sans châtiment. Je vois déjà pour te punir
La main de notre Dieu sur toi s'appesantir [1],
A l'instant où je parle, un rayon de lumière
A pénétré mon âme, il l'échauffe, il l'éclaire :
J'entrevois l'avenir.... C'est le Christ triomphant
Régnant au capitole, et l'affreux châtiment
Dont il va te frapper ; oui, prince impitoyable,
Suivant d'Antiochus l'exemple abominable,
Comme lui tu seras aux yeux de l'univers
Frappé de Dieu, maudit, dévoré par les vers [2];

(1) Ait adolescens : Quem sustinetis? non obedio præcepto regis...Tu vero, qui inventor omnis malitiæ factus es in Hebræos, non effugies manum Dei... Tu autem, ó sceleste, et omnium hominum flagitiosissime, noli frustra extolli vanis spebus in servos ejus inflammatus; Nondum enim omnipotentis Dei, et omnia inspicientis judicium effugisti... Tu verò judicio Dei justas superbiæ pœnas exsolves. II. *Maccab*. vii, 30, 31, 34, 36.

(2) Maximien Galère eut en effet le même sort qu'Antiochus : il mourut frappé d'une maladie affreuse où ses chairs tombaient en pourriture avec une infection épouvantable et le spectacle hideux des vers qui fourmillaient dans sa plaie béante.

A toi même en horreur couvert de pourriture,
En exécration à toute la nature ;
Comme lui tu feindras un tardif repentir,
Comme lui sans pardon il te faudra mourir,
Et la croix, traversant cette lutte sanglante,
Sur le front des Césars brillera triomphante.

MAXIMIEN.

Qu'on conduise à l'instant Théophile à la mort.

THÉOPHILE.

Je vous bénis, mon Dieu, d'un si glorieux sort,
Je vais donc partager la gloire de mon père
Et combler tous les vœux de mon illustre mère.
(à Jules.)
Adieu, fidèle ami, pour la dernière fois.
(Il est emmené par les gardes.)

MAXIMIEN *(descendant du tribunal.)*

Voilà ce qu'ont produit nos décrets et nos lois

Portés avec éclat contre tous ces sectaires !
J'espérais en pouvoir enfin purger la terre...
O honte des Césars ! un empereur romain,
De l'univers entier le maître souverain,
Ne peut être obéi par une secte immonde,
Et les faisceaux Romains qui vainquirent le
[monde
Devant le Christ vainqueur s'abaissent en trem-
[blant,
Et je suis aujourd'hui vaincu par un enfant !

JULES (*pendant que l'empereur se retire
lentement, accompagné de sa suite*).

Le Dieu, qui leur donnant ce courage indomp-
[table,
En fit de tels héros, est le Dieu véritable.
O glorieux amis, Théophile, Adrien !
Je veux vous imiter, je veux être chrétien.

FIN.

9 782014 035285